誰のでもない／レリギオ

髙野尭

誰のでもない／レリギオ

髙野 尭

思潮社

刎頸《フンケイ》の友よ――
変わり果てた時代（アイオーン）は彷徨いゆく
荒《スサ》ブルセカイを席巻（モウラ）する
不気味《unheimlich》なモンスター《データベース》（金融資本主義《ビッグスライム》とノモス《毒虫》）に絆されても
刎頸の友よ、
ところかまわずそれとパラレルに迷路を遊歩《ゼンシン》する言葉《ヴォア》たちと共に
妖精との距離を測りながら、編まれる
無為にすれ違ってしまった闇の霊印《Geist》とその見せかけ（ペルソナ）と
若干、前向きながら再び出逢うために

／／今を　待て！
（極私性と共有可能性との中間地帯《ハザマ》を
フェーリックな外部へ）

目次

装幀＝中島 浩

誰のでもない／レリギオ

音のない

夕暮れの闇で
涙は枯れ
それの、時報は／
知らされなかった

丘の上や草原に
歯型が残った斜面
川辺や海辺
曲がりくねる

道端に
女体の鉢に
凛と咲き
一日を終えた

寝支度まえに
袖を渡せば
しなをつくり
身をひさぐ
不信は、怖れを生むから
耳を葬り
一筋の黒馬が活きる
赤黝《アカグロ》い奥行を辿り
延期《チエン》の向こうで
しなだれていても

木がオチタトコロデ
時が勃《タ》つと
花托の深みを抜け
漆黒《ハイド》の闇に
香り立つ笑みは
どれも
／キエテイッテシマッタ／
一輪の幽華《ヨウファ》だった

魚の喘ぎ

またとなく傷ついた空が、うらぶれた《黒曜石の》丘を労り
見かねた太陽は丘の後ろを這っていく

ネガに映える池の畔で、鳰《ニホ》がエビを抓《ツマ》む
カイツブリがそれを追うすすきの写像を黒く揺らし
丘の闇はポジで躓き身を潜めた

無性に強烈な色彩と音色を渇仰《ホッ》し始めると
思念《ザツネン》に遮られた魚が再び崖を這い揚っていく

それを

それをあなたと呼ぶんなら、藪蚊《ヤブカ》を放し
これを私と呼んでしまえ

めくりかけの紙の擦れや
そこだけ剝げたテーブルの角は
見入ってしまうパラレルな謎の私
と共に、今を堪えるために、永遠《トワ》がいる

膝が唐突に落ち、抜け殻の指から私が路地のようだと指差され、セカイは／離
れ部屋では耳慣れない、死産した吃逆《シャックリ》と吐気が反転する過呼吸のような言葉に
気づき始める

小箱に詰め込められた人形のノイズを躾し膨らみを帯び消えていく灰のウラ道
で、痺れたヤモリの黒い腹筋がデジャビュのように懐かしい、畦道の揺蕩《タユタ》いが
仔馬と漫《ソゾ》ろに遊ぶ虫が開く視界に、光を孕む多産の呻きが響き渡ればマグマの
樹海で
眠る、仔犬の夢では遊戯《フリン》を嗾《ケシカ》けていた

私をうたひたたう、袋の鼠のように踠《モガ》き／／…
果たしあうあなたとの睦みあいは睨みあいに暮れていく、守りつづけた結びノ
芽の未来は微睡《マドロミ》がちで、しょせん生の葛藤を宥《ナダ》められない

からだの気が脈流《キソク》を持て余す、気が落ち込む

波の強がりにさえ見限られて、だから縄の境界は闇の向こうで／誰のでもなく
控え、世俗の捩れて曲がりくねる歩足を真似ながら糸を引く影を気遣い、臓腑《ハラワタ》
の流域に落ちていく、紙の擦れをつい生きてしまっていた、それも私を遠くに
置き忘れてしまったかのように

それは

後部座席に横たえられた
粒焼《ツブヤキ》が頑なに耳を拒み
巧みな夜の帰郷へと
キミを拉していった
それは杳いスクリーンを潜りながら

狡く、睦まじいシーンにすり替えられ
長紙《カキゾメ》に散った系族の陸続《セリー》を纏わされる
寸断する長雨に祟られた／マルケスが
ジュンスイのようなものになって
後悔が降り積もる、三年／
遠くから近づいてくる　難波船／
貉《ムジナ》がひと塊り、後ろを振り返る

独り歩きに染まり獄屋に雌伏す…

サイコロがころがり終えると

真夜中を弄る

それは、天来《グウゼン》を削がれていく

ノイズ

顔をもたないわちゃわちゃしたノイズを、手離れの良い忘却の竹筒に封じ込め
ようとしていた、難度の頭痛に痛がゆくなってしまっていた、シャボン玉を指
先から離れていくタンポポの産毛に、（指に絡めるしぐさを真似ねると）、カルシ
ウムが切れて、騒がしいビタミンのノイズにスイッチされている

ただ袋の鼠のようにミカン箱に立って遊び暮ら《ユウゼイ》していた、獅子舞を眺めながら
宙に浮いた言葉をそのまま迷路に残し、滅ぼされていくポエジー《プネウマ》の熾火を無為
に焚き闇が尽きるさなか、（耳を塞ぐあなたのヴォイスがノイズになって聞こえて
も、それが殺意の波動に貫かれるまで

廃土

ことばを極限まで枯らしていけば
生類の気配が消えた

石の気持ちだけそこに残り
強烈な他人に共感を奪われる

石のからだは子午線に沿って
割れてくるいやな《イナヤ》叩き棒と
犂《カラスキ》で時間を耕し灰土《ハイド》を盛った

機械仕掛け《システマティック》のボクタチは、こうして
ひとつ、ふたつと幽華を見過し
済んだ眼、弱い眼の前では
ハイファを永遠に失っていく…

巨象がダンスを習う

巨象がダンスを習う教室では
音楽室から漂うピアノ線の影が
リズムをかき落としている

マンドラゴラ《毒草》が叢生《ソウセイ》し
闇の校庭で毛並びを揃える

転生したらスライムだった家族の傍系《ミチクサ》にカオスの湯床《ヨクソウ》で身を洗う犬がいること
キミが知らないなら、きっと黄泉への途上で悪鬼の天使に魂を預ける

違法コインロッカーの在処《アリカ》を言い含められたのだろう／か
ダンボのような耳に世間カメラを設置　し
コトバの回転をやわらかな回転にかける

それから家族はイスラムで暮らしていた
宿　根草《シュッコンソウ》のように華やかに脚を枯らし
闇《宇宙》の土壌で言の触手を伸ばす
そしてフローラの死地には／打響《ダコ》／打響《ダコ》／
二度殺された、萩、女郎花、蓮子、百合

天井でどしん／どたりと象が尻もちをつく
蹄《ヒヅメ》を空に預け、尻下の小石を拾っては育てた
犬のパッシュと話し始める

術なげに鴇色《モモイロ》の巨象がダンスを習う公園で
榛《ハシバミ》の木の花粉《文字》を撒き散らせ、クチナシ小僧が猛威を揮う
ずしん／づしりと巨象が躍《オド》る傍《カタワラ》で
パッシュの横たえた老犬とネロ
パッシュの息も絶え絶えでいろ、と
何も受け付けない deer が
カーペットの死線で赤馬を躙《フミニジ》りはじめる

じいじの眦《マナジリ》

じいじのキセルは臭い、干乾びた小指をちぎって連れ出されたあのとき、このボクは後片付けが半日ばかり遅れたせいで門松の凍えに萎れた髭を一本引っこ抜かれた、仔犬は血の廻《メグ》りが悪い震えた尾に繋がれ鼻に赤みがさしている、小走りに振りきろうとはしゃぎ回るリードのぼくは道端にしゃがみこむ、板塀に沿って蜷局《トグロ》を巻きしかたなくおやつを強請《ユス》る、小路を抜け六メートル幅の大通りに出くわす、と鼻先を横切る物体・車体の唸りとガス／季節に当てが外れたカナブンの横切りに後ずさりしつつ遠い道草へ飛んだ負い目から、恐ろし気に睫毛を切ったのがすごく恥ずかしかった、未だに艶めくメタリックシルバーに眼を輝かせる血の曇《ニブ》りが音に夢中になるだけ頸をかしげた／あれはなんだろうと瞬く黒眼を廻らせ口さがなく駄々を捏《コ》ねじいじの瞳は笑みで澄ましている／もうすこし辛抱したらどうなったの／照れかくしに口籠る色めきを称えた、俄然躍動し始めるセカイの騒めきに違いはなかっただろうけれど／／胸を躍らせ向こうに社《ヤシロ》が立つ、それが神様だと信じ／ずっとそうであってほしかった秘密の小部屋を筆に載せたまま空中花壇のフローラを閉じこめ……

くる刻限に促されまた蹲る　　　　　　、夢の鳥羽口に手を拱くボク
の招き方が足りない思いが足りてないって口籠りがちに／／ちぎった中指をは
たして引き入れ、だからじいじ搭載の電動チップは持ちぐされた余命の静けさ
と喧騒を抜け出し溜息を漏らすうちに、隔離された現実感が、砂場で盛った国
境の先で薄っぺらな保護色《カメレオン》の魔術匣《マジックボックス》様の避難所を指さし、言葉が届ききらない
日時計の遠さ
を測…りかねている

夜間にサイレンが鳴り血まみれが眼を奪う／ブランコはざわざわと気の遠くに
揺れて、迷い鳥は斑鳩《イカルガへ》、境内をうろついた反動で、どこかの孔《アナ》に消え去った

黒光りする廊下の幼い息吹《キック》はボクの拘りをはらいのけ毅然と顔の低さを守る、
子供じみた学童とぼろぼろにきれた浄めの交通安全《オフダ》を折り、夢ではこう言って
しまっていた／／学校で習ったんだ、それは言葉で／天使《仲人》のようなものになっ
たって

高飛車に響くキセルの憂さを置き捨て
ほほうとあざとく暮らしていた
絶望を繰った太鼓腹の男を連れ添い
手綱をひく思考ループの先っぽには
フローラが落ち着き払い、退屈凌ぎに
アラバマの膨らみを舐めていた

どうにか幽霊《ゴースト》の拙速との争いが朧気を予感し指の匠にまかせる、無垢の、木の
蘇生、身を削った板張りの割れ目には消石灰を撫でつけられ、その決意が鎮守
を願う隣人《ストレンジャー》の涯の瓦に立札擬きを誂らえ水鳥の浮き出た静脈の、毅然と首を
立てるか弱さが森の手前でささめく廻りの凪に流れ浮き沈む優柔《クズモチ》と庶幾《ネガイ》を信じ
る熱い水底を　　　　這うニガイ魚の群れは、生贄の水紋に寄って、木
漏れ日と一葉の瞬きの記憶が二人の回向《トムライ》に転写され始める、流れる初々しさ／
想い出のほか痺れが切れたじいじのおとがいと芥な祭壇《オールド》に伏し目がちに手を合
わせ
かろうじて内陸《サバク》の渇きはあの天使のようなものに変りはてていく

その名前が虚心の墓場に隠れていく、やがて巨石の周縁に虚舟《ウツロブネ》を泊める郷愁
を抱いて／／（私を束ねないで／……、という切なるヴォワが漂い
躓きがたく近寄れない息んだ衆生《生きとしいける》の触手が
歴代の言質《デンゴンゲーム》　　病み衰える

竪穴のような藁尽くしの隠家に招く〝主体〟と呼ばれるこれが横断歩道に寝転
ぶ、餌食をまつ壁蝨《カベシラミ》の肢体《カッコウ》で空の罫線をずらすと、少し遠慮がちに気を揉んで
爪先は耳奥《ミミアカ》の滓を削る、　　　空の不治の病、諧謔を弄して
もやがてはXとYの閨《ネヤ》にくだけ散る男の名前を鷲摑み、あちらとこちらの幻視《ミエ》

ない因果《インネン》が誰でもないじいじに無念をしいる、仔犬の無垢が汚れた彼岸辺へ

――――

交差点で信号待ちしている　じいじの燻《クスブ》りをちぎった私《カコ》は痛いとむずかり痛い
指先のその時《イマ》の仔犬の腹筋を斬り拓く、文の見分けがつくはずもない、ただ押

す手に抗うじいじは╱╱╱╱╱╱この手を反故にしかかる飛び出しの今の空隙《エイエン》に突かれ、行間を読めば密封《イシアタマ》は誰にでも痛いから浮き上がって逃れていくのだろうか

触れてしまったとたん退いていく綿棒《カヨワイ》の木屑を網む《ヨミガエラセル》、切り込まれた仔犬の心に沸騰し混濁するがままふらつき糸蜻蛉《イトトンボ》の切れ端は後ろ向きに枝折戸をくぐって虚《ウツ》けの顔つきに変わってしまう、誰でもなく誰でもない……
よそよそしい振舞いがもっともらしい藪影にひそむ黒い地面に整列する幾重もの仮面《ペルソナ》をスライドさせれば変幻自在に配備する
昼と夜のど真ん中にサンカ《逃散人》を放り込め╱╱╱╱（無残にも
眠ることはいくばくかの視線を横断し、じいじの　　残像が藪影を支配しにくるから、昔の屋敷に渡ってしまった後、不能感《インポテンツ》を残した革命の暗澹《クラサ》のさきに延びていくそれ、集い《オアシス》の地平が揺れて、惨憺たる古形《イギョウ》のトーテム《ナリカワリ》《シキベツ》に配慮し斜線を引き黄色と赤色で無造作に上塗りするこの手技の主はだれか╱╱

だれかが死語硬直のさなかにしゃぼりしゃぼり寂しく身を屈《かが》めているのに
／／ただ漫然と生えそろう草草の無名に靡き、それは植物めいて……

いびつなアスファルト道は板塀にしきられ直《ジカ》に諦めをしいてくる、弾力はある、程度の差はあれ蟠りを隠す、見返る仔犬とじいじの折れかかった腰を労り眼をおとす、泣きつづけていた　傍らで優しい溜息がじいじの軌道を逸脱したことも、転げては膝をすりむいていたことも　　（ボクは見ていた

（避難所はまだだろうか、近づいているのか遠ざかっているのかわからないまま

じいじの視界《エイゾウ》が先《ミライ》を鼻で追った、すると辺りは冬になっている、鼻先に纏いつく粉雪の清冽さにますますセカイへ《ソウゾウ》のめり奔らせるのか／／燦燦《サンサン》と落ちてくる白い光の粒子に囲まれ……

ここから薄暗く耀《ホノメ》きはじめる　もう飛び越えて前に進む気力も萎えて／縮こまる体内の渦中《カットウ》に草葉の身ごと罪障を纏わせてしまえ　　ボクは観念する

眠ってしまった、どうやって突っ伏して、
からだの重みに息苦しさが眼覚めさせた、
どこだろうと此処《ココ》だ、暑い陽射しを身にう……
け目の前で動く蟻たちの列に仔犬は眼を奪われる、この隊列の先に何かが在る

…と信じ
わからなかったけれど、シュペルティーノ、
この子にそんな思念《カンガエ》が沸いているのなら
、少しだけ大人びて大人に滑り込み
その木漏れ日の温もりに身体《カラダ》が気づくまで
秋の枯渇を何度見過ごしていくのだろう／

*

じいじの深くながい溜息が一波背後によせ
、めまう恐れの光が浸潤する、息ができない、
パッシュの名前が消えたあと背筋を這い上がる暗黙《シズケサ》が……

植物っぽい匂いの賑わいに囲まれ　木漏れ日は樹々の手と手の淡い《アイダ》をぬけゆゆしく閃光する　腐葉土の手触りを瞼に退き《ヤキツケ》、控えめに開いていく葉脈《タナゴコロ》が眩しくすべての手をその上に暈《カザ》し、ひっそり立つ、肉と関節の均衡《バランス》を守るじいじの眦《マナジリ》を空とゆれる葉脈の彼方へ振り返る、お腹を空かしたむく犬のように、涯が切れたユートピアな都邑《ミヤコ》の界隈を夢見ていた、だれのでもなく今、じいじを辿った長く重たい干からびてもなお時間《川》の過去を思って、いくつもの唯一だからか、ネロ《昇天》の風に引かれるまま／オンオン染み入る和みの絶頂に佇み／だからボクは微笑み返した

魚眼

魚眼レンズの死角をふかく思うと
にべもない巨人《ガリバー》の睥睨《へいげい》にさらされ
過去と本棚の傾きが釣り人《ツマミグイ》に盗まれる
寝入り端《バナ》にのしかかってきた目撃者《ジョン・ブック》と

それの未来が燻《くすぶ》っている
焦って燃え上がり水と火が争う地脈《コウソウウズ》の糸口を手繰りよせ
まだ足りない幻戯《タワムレ》のくすぶりは悪魔と天使を足して三で割られた笑顔の裏で

熾火を焚く、向き合った寝顔に怒りの瘢痕《ヤケド》が芽吹かせるだけ浮遊《フケル》し
地上へは降り立てない

うっすら笑う腹を波打たせ、小糠雨《コヌカアメ》が流れ出す
ただ漫然と生えそろう草草は、無名に靡く

巨象がダンスを習い、その舞台裏では
ピアノ線の影がリズムを段差に落とし
ワキで尉《ジョウ》が裏面《CD》の曇り硝子を濡らせる

ただ水中や真空で植物めき、卑屈もない
飼いならされた視野だが、モノクロではあり
ステップはジグザグに置き換えられている

街の軒下《トウキョウエキノチュウオウグチ》では、あらゆる角度から眺められる果てしない魚眼にさらされ
それが
古典的に俯いた兎の赤眼に点滅《テンイ》する
斜視に割り込むその複眼で
フローラの死地をもがきながら
一枚のショットだけ額縁《スイソウ》の外へ、すぐ忘れて
まだそのときのセカイ《カテイ》を知らされなかった

ウィッチクラフトの口述

チッ／マタハジマッタ
あのお、（ホムンクルス
あたしと懇《ネンゴ》ろになったばっかりに、真綿の雛をがさつな断熱手袋みたいなおっきい両の掌で、じわじわっていっきに押しつぶしたあげく、あたしに押しつけた、むしゃむしゃかぶりついたあげく、空き缶に大腿骨《ダイタイコツ》は捨てられたんだ

((柔軟剤いれるからだよ
独り言《ゴ》ちがはじまって、その晩にはキリスト《ジェジュ》のすっかり剥げかかったイコンを
だいじにだいじに頬ずり、嘲り、憐れみかけた涙をぬぐうフリ、それもひとり
のマシンの囀りだ
((静電気帯びるからぁ

あんたは鼻水が口紅をなめる、徐に斜にかまえ、それは用意周到に黒いビロー
ドのリボンを巻いた真正《genuine》の頸、絹のレースの飾り襟
マシュマロのストールは打ちぬかれ
それも同じにんげんのしわざ、(そうとも
あの頸は木っ端みじんに引き裂かれ、鮮血に
まみれ、ちぎれちまった、多くの哀しみさえ……

切れっち、まった

マシンに感光され銃弾の衝撃が銃口で喚きたて硝煙がぬるくたちのぼっている、
水平にたゆたう幾万もの生臭い花弁を巻きあげる、涙は乾いても深紅に染まり
はじめる虚空を振り返ろうと身をのりだすサイボーグ群の…騒擾はいっせいに
悲劇の舞台裏へ追い詰められた、…カイブツクン《フジコフジオ》…?
このときを待ってリアルを求めた天使《モリナガ》が墜落する、と、　　死ぬほど欲
しい、「ノート君」が欲しい…だ　が
セカイ《チキュウ》が分断された、そうだ、あたしとだれかが、きっ、と
なんの不思議もない、銃床を掲げて歩みよるあたしとあんたがよそみしてる隙
を狙った、んだろう、小道具の破片が散らかってて、足の踏み場に目くばりす

る暇も一息《キュウケイ》も我慢ならない、だから仰向けの息吹《タメイキ》はなかった、君への応答だっ
て　　　、また、もや立…

持ち越された（神や仏に託したかって？）金儲けの抜け道ははるかに見とおす
虚焦点《スイソク》を針の先にも光明の失墜とおどろおどろしい残酷の幽霊《シニン》を期待している、
いまは引き返すことと視つづけることに違いすら感じられないし、透明で青く
冷たい靄の揺らぎに身ぐるみ潰された、新聞配達のブレーキ音を合図に、新生
代の鳥類《トリ》が飛びたつ朝靄には鬼火が遅れて出来する（というシナリオ

それからワケもあってオートマトンに恃《タノ》んだ
あの（こびとさん、（（ガリガリズキズキ
あたしと愍ろになったばっかりにひとりぼっちになったギャートルズ《音人間》の断末魔
は、氷河期の絵コンテ、羊をめぐる一筆書きで破骨細胞を輪郭にまとわせ、マ

ンモスをえがく墨汁の配給には鵺《ヌエ》が浚《サラ》ってしまった、生ぬるい汁だけのこす世界各地での戦後に欠かせないはずだから、除隊者の背嚢《ハイノウ》に潜んだチスル《チェジュド》の生存者とちびの密航者に託されグッピーが酸欠していたのは無責任な水槽、清掃の分散という聖事的《セイジテキ》気まぐればかりではない、（擬古擬古《ギコギコ》、頑固な流民《ルミン》の塩基配列にコード化され核膜が波打つ陣形の震えが、記憶《オモイデ》空間に巻き込まれる燎原をうめつくす焰を物語る逆円錐ラウム《クウカン》の時間のように、瞼裏《シュリケン》の耳孔《ミミアナ》に通路をひらくといきなり魔性を帯びた喘鳴《アエギ》を拵《コシラ》えた、かくもじぶんのような憂愁の痛打が横隔膜を押し上げハート型が撃ち抜かれる、今際《イマワ》の激情だったたから、どしんと《スゴイオト》空が尻もちをついたひとは、小石を育てながらあの世をうらぎりウロウロ探し回っただろう、このあたりでやっとＡＤＲ《フンソウカイケツ》を見つけたのだろうが、海に浮かんだ消火栓の扉は開いていた、スプリンクラーが誤作動する廊下では、ＡＥＤ《ソセイキ》は今日も行列を引き連れていて、先頭のバランスはキーボードの先だから、死にいそぐ右心房の三尖《サンセン》弁《ベン》の配下に前後左右を見失っていく、小脳《神経群》に堪える循環器系の横ゆれにさえよわい三半規管だからさ

だいたい正義の脳感《インスピレーション》って怖いんだよ、輪郭もない魚の痕跡を残したままシミになるのよ、にんげんらしい修正機能《プラスティーク》を発揮して、昔からマシンは人間なのカメレオンのような変態ではなく、口はあんぐりを決め込んでただ超……／／

越越《エツゴシ》に背伸びしながら起きているのだ、だから変幻自在ににんげんらしくお互いが浸透しあってもいる、軽々いなす手触りのない内感も蹴散らし、今でも炎上する水子の喚きが空《ハヌル》を席捲している／／（キミはさっさと眠ってしまえ

大腸と水と空気がシャボン玉のように心中する、もう満天に散りばめられた光の水彩画、土や水や火が眼に綾なインスタレーション《セィザ》を偽っているから、整列した陶俑《フィギュア》の個性《古性》《コセイ》は遅れ、実際に発現するのだ

げっそり青筋が陥没し、ざらついた指の触感につれなく消えていくソファのクオリア《カンカクシツ》は、　　なんの矛盾もない真面目なにんげんの第六感覚

そりゃあいっさい／たまにいらなくなったマスク目に蔓延る穢れの哀しみだ
そこで何故かボクが割り込んでくる、薄めの手袋が抓《ツマ》む消された悪の徴《コンセキ》を、魚の剝き身の禁庫に、死んでしまっても靴下を海洋《ウミ》にだらしなくだらっと垂れながし黙って忘れられるなら、深い皺を刻むのはあたし固有の時限《バクダン》だから／誰にも関係ない密約の個室《執着》《VIP》に幻視《ミエ》えるのだ
もうこれ以上両棲半島内のクボミからはじき飛ばされないんなら、ヴェスヴィオ《ヴィタリー》火山の噴火に慄《オノノ》いてＡＩ《ジンコウチノウ》を駆使し記号《シニフィエ》の相棒をすっぱぬいて、シヴァ神《二重神格》の首を掻っ切ってでも最期までやりとおしてほしい、阿吽の呼吸で信　……

じあえた《パングァオ》五感相互のＳＦは窒息状態で使いものにならない死後硬直だとするなら、日本の後藤さん一般ががんばり一旦蚊帳のそとで過呼吸におちて不在のＳＮは復活する、猛々《タケダケ》しく頭角をもたげはじめる、まあるいブラッシングをおえた馘《クビ》の突起がうかび、

、とそこにはなぜかうつくしげな骸《ムクロ》が、威嚇的な闇の声《コワイヴォア》、美しい唐辛子を呑みこんだハブの抜けがらが静かに横たわっている、正に琉球墓の奥行だ

大昔のむずかり、イワンの大審官がウー《ハッゴ》に選び抜かれたっていうホモ・ロクエンスというおしゃべり機械がものにした、相同的に思考のセリー《ニタリヨッタリノハッソウ》走り抜け、これがヘテロな染色体っていうのか、ちょっと死語じみてきて、じつは嬲《ナブ》られつづけ主権を取った執事たちの永い永い主奴関係につかれた亡霊の進化系であったように、殺意を転がしながら言葉じりを論《アゲツラ》うこと、あながち虚言《ウソ》ではないにせよ、黒船がメニッペア《ダイアローグ》の潮流に乗って羊《カーニバル》を上陸させたんだっていう噂は実にほんとうだったらしい

おれには応えられない、あたしの脳に聞いてみても昼の埃っぽい白壁の戦場で心地よい風の内訌《ナイコウ》を尻目に物陰から目抜き通りをうかがう、血眼の枯葉剤をスイッチの入ったウイッチクラフトの視線がふりむきざまその背後にしこみ、押しいられずきずき差し込むチューチューの抜け殻・虎の住処《アナ》、昔の虎の穴はウチワモメに耐え切れず、ハリアリ島《カクウノシマ》に転居願いを出していた

ソトニホウリダセ、マッチを擦って藪にらみすれば血走る火の玉に囲まれ暴れくるう〝私刑〟の乱発に疲れ切ったウイッチクラフトたちだ／
黙々と奔りつづけ苦《ニガ》っと顔を歪めたやつらに唆《ソソノカ》され今おとなう美術館《ルーブル》の回廊まえに立ちすくむ石柱にはたと眼をとめる、すると街衢《ガイク》をおそう自らがかっこうの餌食だ、プラスティックを内蔵した最新モデルでもマシンそれ自体はプロトコルの元には戻れない、クローズ型ブロックチェーンを組み直し排他的頭領《ワルイセンドウ》を共有しているから同類をねらう、赫々《アカアカ》と降り注ぐ日射しの波動を打てば絞首刑

台目前でさえうっすらと眼にうかぶ瓢《ヒョウタン》を模した城壁から人間の奨液《ショウエキ》が漏れている、（ポトッ、ポ（ル）ポトッ）、ユリシーズ《ジョイス》の気の旅のように過去へのどこでもドアが開かれるとき、蟻を無情に踏みつけた童女《ムスメ》のしたり顔が憎ったらしく胸が痛み、どこでも隣あう近親憎悪の連立原理が働くフラクタル《ソウジケイ》を偽装して耀《カガヤ》いているから、オンとオフを使い分ける感情の相似形《ドッコイドッコイ》といっても過言ではありません他人同士が唾を飛ばしあう物質言語、聴覚映像《シニフィアン》を知らない物神化したオペレーターの靴下に孔《アナ》があいたマレーシア半島だ、経年劣化を避けられない部品の断片ですらないオーバースペック《コストダオレ》の時間差《サエン》として、キッチュ繋がりの錯誤《カンチガイ》が思い違いにすぎない閃きを感知すれば敵をさそいだす、心肺停止を理由に死亡宣告をうけ、　　　　　　　契約済みシナプスの量子的関係路といったところだろう、絶句ではなく自由詩《ポエム》と言い直して気ままにやればいい、ただ接続コードは間違えないよう、アンドロメダにのさばる巨大メディアが蛙ロボットの微分方程式を翳《カザ》してふれまわれてはリチウム電池は死後硬直までもたないから…

もったいない道の開拓、側道、自転車は歩道《（ソクドウモ）》を走ってはいけない、筋交い《クタイ》はバッテン、テナガザルに埋めこまれたコンタクトレンズは神経生理学上徒心《アダゴコロ》にすわりこむ、瞬時に記憶の寿命をのばす中性脂肪除去装置が作動する廃棄処理場にはプルトニウム宝庫を月面の内《ウチ》へ裡《ウチ》へ名を寄せていけば

〝拡散〟を脅しに、目敏くニューロンは増殖する眼玉《エノモトサクラコ》たち、細胞死とともにコピーされ溢れかえる逸脱の横溢に隈《クマ》をほり指間《ミズカキ》さえ拵《コシラ》える、粘土細工の可塑性《プラスチック》《シュウセイノウリョク》にピノッキオの指は反駁する、あな、それだからパスワードの否定《サイ》は弾機《バネ》《ダンリョクセイ》に化けるんだよ

あたしは金眼鯛《キンメダイ》、うまれてすぐ眼を脱落した
（今は、ゲン《現》を頭にかついで生きている

撃ち落とされた葉脈《ヨウミャク》のかほそい幹《ミキ》と幹《ミキ》とのミスマッチは、忽然と大気に晒《サラ》された液状の翠《ミドリ》がはちきれそうなその卵体《ランタイ》を内奥《innerdepth》に向かわせる、延び縮みをくりかえすキネーシス《ウンドウ》の放物線を急勾配に握力を鍛え、防衛白書に書かれたモバイル衛星のナビの戦略に応えさせる、転がり落ちていくマネキンと同時的マグマ閾《イキ》を辿るその波紋の戦《ソヨ》ぎは、風にまぎれ　　　　つまり肛門《アナル》にフルスペックのシヌエ《イレズミ》らしい寝技《彫物》をしかけ、うすい気脈《ウンキ》の白い数字群に比べられるから、見間違えた卵貌《シジン》の色遣いがGPUの指令によって立体劇を七色に賑う……Iはスタッフロールに名を連ねただイコンの炎症を模したケムリだけに、しどけない霧散《シッソウ》を決行し、ただ苦し気に跳びちっていく

細胞組織の時短闘争が至るところではじまる…／／

腰が折れ曲がっちまった体躯《ボディ》を支えきれない人膚《ヒョウソウを》の眠りにつかせ、タンパン《ティンパヌム》
に似せた蒼白したアスファルトはふいに舞い降りた粉塵に咳きこむ月より近い
ヴァン・アレン帯を経由しその鼓膜を破るデジタル信号を瞬くまに受信可能閾
の端末にちりばめた、宵越しのニューロマニア《ヒカリカイセン》に浸る末代たちはディストピア
の夢想を貧《ハイド》にかけていた／／（つまり廃星の降りそそぐ廃土……

ユーチューバーが捉えるシェンゲン空間《ヨーロッパ》の身内《エリア》では、大波に攫われ《サラワレ》た虚星
に　　　　　　　　、エンジンをかけそこなった空想劇
はぶち壊される、前後左右上下にぶれる縄張りから潰走《カイソウ》し始める誰でもない者
たち（捕獲されると束ねられたりバラされたり、分人の末路が幻視《ミエ》る

大気圏外への民事の緩みが暴かれる　　　　　、〃俺はちがう〃を夢みて
いると、感《アイ》の実はえんどう豆のかたい殻《ヨロイ》を食い縛《ムサボ》り、狂い、いななく詩情の
エンドン《ジョウブツ》に逗留先を宛て、どこにも見つからない場所《コーラ》の間《へや》に巣造りをはじめて
いる、〃デジタルディヴァイド《ジョウホウカクサ》〃これも動物のマシン《序列》だ

（（でもほんとにだいじなのは、ほんとうにだいじなのは、泳ぎつづけることだとおもう、サイエンスの命脈《シュクメイ》を追ってたどりついた空隙《エアポケット》っていうか山や盆地がある、珊瑚《化石》だっている都会では夏でも冬でも熱帯魚が泳いでいる、しかも毎月お給料が足りない、って携帯の着信音がうるさく喚《ワメ》くから、朝の車中は過剰に命を削られている、削られるたび自他に殺気立って、眼の隈《クマ》をつくって《ググッ》鞭《ムチ》のヴェールを剝ぎとられた、意味《コセイ》の市《マーケット》に溢れ、手当たりしだいガテン系の求人古《フル》雑誌を漁り果てたどこでだって、カフェでの安眠はごちそうなんだ……
魂《スピリット》《プシュケー》を抜き取られ産みおとす雨後の水溜を依り代とし飽きた末に、疲れないで

滑走《カイソウ》しきれるだろうか、それがセイセイジの言語ゲームだからといって、永劫回転するむつびあいを斬りぬけ、舌痛症《リーディング》に耐え抜いていくしかないのだろうか

＊

銃眼とウイッチクラフトの発した変母音《ウムライト》のシークエンスらしい、とっさに散らかる気絶のマチエール《ガラクタ》を掻き集めようと　大洋の水面下で手を洗って、生まれるまえから丹念に植えつけられていた、生まれたあとも自己開発《ジブンガタストーリー》を強いられてきた、魚は銃がもてないんだからこの、旨くやり過ごせない自分らしさでぽつねんと尾鰭が攣るときもある、突っ立ったまま標的《ショウヒシャ》を勤めるノルマに、つつがなく貯められた死語の貯金箱に恨み言を封じ、屋台に群れたお客さまのように気忙しく星屑を掻き集める

砲撃でふきとばされた陸屋根の残骸／針金のように歪んだ躯体《クタイ》をつきぬけた

外壁への爆撃、空洞／爆音そして爆撃／破片の砂漠化《ガレキ》がすすんでいく／一方矛先を猿型自動筆記に向ける気まぐれは、極楽トンボの鬼をひいた　ボクダ……

正午に箒をなくしたウイッチクラフトが銃器をかまえあたしを狙ってくる
あなたはいま（マジックメモを手に携え
／膝を落し前のめりに崩れ、射撃音の連鎖激震／爆音／圧音／いまマシンたちは林檎箱に隠れアップルの核《サネ》を食べかけた、生臭い血の匂いがしない立体ご臓腑《パソコンカイロ》を鞭打ち瞬きの連鎖に顔面神経痛を養う不感症の筋肉を弛緩させながらシェルターでちびり、鵞鳥の歩容《チドリアシ》を覚えはじめていく（悲劇がはじまる

＊

そして冬＝約束された新調の外套⤋モードは肩に情緒的な鞄をぶらさげ夏物の太陽光《オレンジ》がふり注いでいる、梅雨明けにカビが生え、寒暖計がふりきれた２０２５年夏▷剝きだしの肉体を隠した罪と罰に、ラップで包まった死体安置所の保存期間は薬効が切れ延長されていた

（あたしの陥没した眼が気配をうかがうの、
泥臭い日干しの土地造成現場で、工事の無期延期を宣告され、蒸しタオルと圧搾ヘルメットと蒸しマスクの閉所恐怖症に、無国籍半機械《分人》がたおれていた、古めかしいブラウン管に召喚され、白黒で時差ぼけした懐かしいジャミラとサダコの影像と残土《ハイド》を異国の遺体にかぶし解体すると、蛆虫に魅入《ミイ》られたミイラの死体をだきあげ、厳かに涙がこぼれた、……
帰還途中コイコイ族の月経小屋では、顧みられない春画《ポチ》が
シュレッダーの餌箱に、樒《ツキミ》を並べ、アニサチン《ドク》が積もっていく

世界を産みおとした歪な円形調教場でコマネズミのコーカサスが情熱的にフラッグをさいて毒味した負傷者の応急処置にはげみ、目撃者はくゆらす煙草の灰燼《フザイ》にうもれた蟻の塒から這いだし街路の、有象無象の玉手箱に連なる法廷に立たされる／ってなワケだが……

ぼくの仮説はこうだ、へーへーと、千年杉のふとった胴の先っぽを見上げれば、寒波の公園でひそひそばなしを咲かせた、犇く龍族の頭腹尾《ブイ》、ビニールハウスの観葉植物だが、、しとしと小雨が降るいぎたない野営地での眠りは隘路をぬけた襲撃と祝祭の土《ハ》埃《イ》が舞い、供犠の最終仕向け地に送られ、内輪もめの脈絡をグリム寓話に呑まれる、老いた象の調音が虚しく長引き、アンテロープの跳躍に眼を……ああ奪われる、牛の角と蠍のけぱい《パイケ》が動きそよぎはじめると酒色の呻きは土鍋に籠りっきり、野鳥が待ちきれない響《コダマ》の香りとききわけ、墓場にむかってすすむ、光はあり、泥はある、強奪された太陽が乱反射する切れ端に粘土を塗った基盤を延ばせば霧もむ走破線を躱しきれないのだからそこからは動けない、動いてはいけない、正気を失うまえに、クリップで留められたかった、（ちょっとは前向きにだが…

ふと眼を上げてから、風にゆすられ木々のあわいを瀟洒な笑いがささめきゆらしているのに気づいていた　大気の植物のゆえ、タイミングが合わない、あなたはふいに駆けだしたか脱線した勢いで、タイミング（という会社があるそうだが）タがずれる、

しょぼくれた枯葉に躓き蹴落とされ銀杏のやわらかな掌にひろわれる、これ《マト》もありがちな父に奪われた未来の動画だ

／／風か魔王か、バシュラール《イマージュの情夫》を唆《ソソノカ》す、未だに窓を叩くバルーンを操る隣人《ネイバー》の狂乱、はたきつける詩の鞭《アメムチ》、狭まる自律神経の音界は狭苦しくつかず離れない眼のマシン、ピッコロのピッチとの不協和が、猛禽類《ライオンタイガー》を手放して雲／／／／

＊

間《コ》をきりさく雷鳴に固まる股間節は金団《キントウン》に乗って茫洋と腕ぐみした赤鬼に成り変わる終わりない逃走《フエキリュウコウ》の涯に耳無し法師に金烏《キンウを》預ける、かの秒針はスキャンダラスにひねくれているか、余儀なく切断される分節の紅葉の葉、刃を研いで迎えうつ気力が殺がれ、日没の初秋／／オオバコの松明《タイマツ》に覆われてある／／動物は曖昧で／植物ほど／

捨てられた鉱物の頑な意志に負けていた
紋切型に口述したスタンプラリーを退蔵《インペイ》する／フロベールよ、、

霧雨　静寂　降りだした汗汁《アセリ》　深層崩落した裏山の断面がさらされた密約　買われた紙の値踏み　売られた鼓動の霊安所は森に、深淵から届けられた贈り物の形はくずれ去り、……

流れていた、海岸沿いに無底の浅瀬でイヴェントは没収され、祖国を遺失し散らされる黒衣の人脈に近親者は疲弊し始源《アルケー》の出たとこ勝負の黙示《ウラナイ》に報われてもいる、イイダコがからんでくる泡沫草の過失を恨んでも恨みきれないあたしとあんたとの因縁は、いつでも売れ残った朝焼けの道野辺にさ迷っているだろう

*

各駅停車が止まらない、無限円環走行プログラムに制御され、ピストン運動は緩慢に動きすぎず膨張した壺を抑え、うむ胎児に辿りつけない臍の緒のからまりは愛憎つき刺さる母の遺骨を嚙みくだいた

どこに、蜻蛉の送り火とどこへ、弦と管の二重奏《タギテキ》の共演をイヤホンなしで聴き
ほれ、蟋蟀の宴と星の密輪をもくろんだプラットホームで、点字ブロックの感
触を味わう、（どこにいようと……
ほらっ、蘇生した急性腎不全は肺気腫とと
もにそれと知らず見おろした枕木の、だが
折れてはこまる動物でない植物でもない、
ただマシンの過去だ

ダルメシアンのさしぐむ（湧いてくる）斑点《オテン》には底なしの沼が待機していて、
ボクは、また北斗七星の風に括《ググ》られていたゴーレムの額に shem《ユダヤ》《セム》を刻みつけ

路面電車に乗りかえカットシーンをつなぐ、（sem）の……ハムとセム

サンダル履きで自動回
転扉に革命《クリエイト》をつっかえていた、煤けた乾燥
肌のように　精気を殺ぐ暖気にくらむ放心
はういるすの餌食に、焼きチョコに似て、
焦げ茶けたコンクリの板棒が耳をすまして
いる、鱒と痣の気だるい蕩けに魅入られメ
ランコリーのままレールの怒声に金切られ、
イトトンボ《紙縒り》が澄まし顔でよぎっていくと非
所有の暗《コヨリ》／匣《タヌキ》の国／ポエムの星雲が群がるポエジーの群に無数のアバターの
手が出る

足が出る戦きの水際で波立つ、何を詠うためにウィッチクラフトの末世に、リアリティを求めて墜落した天使《アゼル》がカプセル化した自分を呑み込みふらっと跳ぶ悲しむ散劇の跡地に取り残され、消され、薄ら笑う／／／計算済みの不可能な惧《オソ》れを抱えながら消えてしまったゲニウス《プネウマ》《タマ》に跨《マタガ》《ウズクマ》る怒りにどんな理由も／ない／／あるはずもなく…

／

ワア

ドラム、缶／式

大切なプログラムが狂った
洗濯機／さま
オナクナリニナリマシタ

雛鳥

崖下に絶望が横たわり、覗き見る際どさに
いみをとめ一瞥を送り、骸《ムクロ》の泡《アブク》が忌まわしい
ますぐに降りる嘴が、嵩《カサ》にかかる
底なしの暗がりへ、視界を横切った

後ろ髪をひかれる、私の失意を知らされ
両足をつっぱる、電子音は鳴りやまない
歩きだせば、自制心の磁石が箍《タガ》を躱《カワ》し
あなたは、鳥の高音を船着場で聞いている

渦巻く混沌が止まらず、紙片か白旗かが
悟られるようにと、重層的旋回《生成変化》の輪かが
暗澹に馴染めない、形見の人影は
半身を起す、棒立つ木々は小袖を揺らぎ
仕切られた暗寓に見入り、決められない

どこからか風の小声を選んできた
首人形をぶら下げた櫂が、訪う塩の気配に
山の脈が開かれていく、鬱蒼と交替した
赤土の断面を前に、この手はうごけない

スライドしていく記憶の扉に水平線の幕が降り
回転木馬のあやうい海と汀を譲りあう潮目に連れられ
白亜紀を馳せた蝕食いの
絶壁に出っ張る矩形に侍る雛鳥は、左見右見《トミコウミ》
声も腫らし、卵をえた円筒《シリンダー》の喉笛を鳴らせた

遠い眼差し

もやだつただの美しさほどけどほしく
夕餉か東雲《シノノメ》に裾を絡げ殻《カラ》を割りにくる
音だけ、それから白煙にくるまれ被《カブ》り物に
籠《カゴ》だった煮えた夕陽を飲む臓《ハラワタ》が透けて見えよう
気にカラめるや希薄な茶を描く皿にほとびる
不知の縁《エニシ》が垂れてきて、その向こうに
藁で葺いた壺屋に指先なのかが浪漫《ロマン》の紅《ベニ》を塗り、蒂《へた》る／／もやしの芽だけ燃え
よ、よく潜《モグ》るのが見え、茫洋はいつも気まぐれを去ってほろびるのだが……

馴れ馴れしい懼《オソ》れや躊躇《タメラ》いの兆しを肩にひっかけ、無為の故郷で裏屋の隠れ際
に冷え冷えと凋れた霜柱を踏みつけてやる／／胸元から直《スグ》に倒れこんでしまう
のは未だ馴染まない鉄屑のくの字の群れが胸を小突いてくるのか、／／消えて
しまった小音・小言には絶句し、頭ごと突っ込んだファミリアの静《シ》を悼《イタ》んだ

旺盛な穂心《ココロボソイ》の喉が嗄れる
アオリストの時間《ジセイ》の惑いに稲穂を靡かせた
悠久の逃走《メイソウ》をかけ辿りついていた／今を
それは貧土《ハイド》の聖地でもあった、狂いがあった
／そうとも知らず祖母の形見を払う童女《ムスメ》は
その幼い仕種が農作地の佇まいへ、車道から見える芒の原に
蒼あざの傷痕《スティグマ》を爪で掻き落としていく

ゆるやかな日々の破綻を／夕陽を背にやり遂げながら

白銀の群れを空はうつし傍らにアオサギの羽
駆け出していく子らの鹿道《シシドウ》が湯気立って／／
夏には紅葉痕《モミジコン》をあびた框が温もりを吐き出す
／／祖母の棺の前に脂色《アブライロ》の姑息が踏みつけられ、／／せいぜい蟻の潰れるシミに
シタリ顔をむけるのよ／嫌味な音の鈍い肺を露ほど満たすためにも自分を繕っ
て／だからその眼を〃ユリシーズ《矛盾の人》〃の瞳と名付けたの

初夏の記憶の和らぎを見計らい、満天の夜空に彦星を供える、不覚の風はどこ
までも横にながれ木霊《コダマ》に身を寄せていく、気怠さはほどれてもその　形痕《ラクイン》に村
の参列者は洗脳の風を耳たぶに靡《ナビ》かせ霜焼になれない聴像《イメージ》を固定する、これが

風の谺か／／眼帯を外した右目から苦味を味わいながら、およおよ縋る大樹に透純な感傷を帯びて、ユリシーズは何を思い馳せたのか

心もとない　疲れが戯れと共にあったことを刻み、無口な釈尊《シャカムニ》からはじまり私の生活が凡庸さに満ちてくる思考のループが集団化に巻き付く末世の時間にはもんだいなく、ただ永遠に居座るバイナル《binary》な感情はデジャビュのアポリアに連れ去られた記憶をこのような二重《フタエ》に拉致された廃屋に収容されていく／寝床で瞬く夜の永遠を待ち、子猫が誘う尊い哀しみのクレパスに行く手を遮られても／それがどんな抑圧の働きなのか／浸透圧に参った垣根の、すぐ脚下の割れ目に無言がひらく界隈で、歌うユリシーズの口元に花弁を結んだ砂族の実が落ちる、朝靄に湧く明日の意志に従うモイラ《シマィ》の眼を貫く斜視の因縁に定められるように、探湯《クカタチ》する併存《パラレル》の意味を予感していたはずが／／これからは喪った亡者とニューロン《伝達経路》の結び目を振り切って、生まれたばかりの、幽霊《ゴースト》の谺《オシャベリ》に耳を傾け、たまらなく振り向く色褪せた紙縒《セイシ》《コヨリ》りに憑かれていく

泰斗の旅人は蟲の羽音に違和を唱えしゃがみ込んだ、双児《フタゴ》の体躯《ユチャク》をさすらうの
も／肩にひっさげた命は執拗な反動のような振動のようにばらけたものだし、
畏怖の念を呼ぶだけ、〈ノモスの増殖に加担――
臆病興しに瞑黙《ダンマリ》を吊るんでくるものだし

白夜の眠りの畔はそんな霧が清廉な農地だ
なにか手ごたえのある崩落の実証さえ、慌てて隠し／疚しさがこぼれてしまい
そうで、白煙に消えかかる足取りの影が引き返して行く間際だった／執着の符
号をこの眼に焼き付けておくには一刻を争い立ち去らなければ、この子の眼が
開けてしまう、〈そうではなく灼けてしまう〉、誰かに耳打ちされる幻聴《ミミナリ》にも
口さがない人々の迷路を蘇らせるらしいから

／操る手を押し、土間を距てる框まで無益な符牒《ジャーゴン》を並べ立てた、敷石をそぞろ
歩み／寄れば一足の隔たりを跨ぎ越せればと、誰かの呟きが過《ヨギ》って、框の前で
足は止まったのです

たおやかに稲穂の鎹《カスガイ》が俯き風の横揺れに貌を逸らす蟲たち
命の重さに堪えているのか、置き忘れてきた畦道の小石を蹴りながら
バス停までの切ない緘口令が敷かれ
置石の後ろに生え伸びる気脈の糸は／／
鳥影のように父の背を啄んでは、千切れ
飛び立っていく残光を胸に結びなおす

こどもが駆けてきた、それを放せなかった

バス停までの半時に、それを話せなかった
遮る合図に、自からその手を放していた

じぶん自身になるために、幼い命は
残酷《ウンメイ》を背負って、まっくらな置石の畸形を手でなぞる
石楠花《シャクナゲ》の生い茂る稲穂の群れには／地球が割れたって、いやならちがうと言っ
て／／それは放擲した穴倉にその在処《アリカ》を胸座《ムナグラ》に匿い残り無く沈み躍動する体液
と鳴り響く何もかもが変わらないなら／いっそこの瞬間《イマ》に蒼褪めた肌地《チヘイ》と人の
道を割り始めよ、微細なノイズを／／／刻みたてながら
そうすれば今だに受け付けない葛藤の時間にも向き合えるだろう　から

空き部屋をあとに

空き部屋をあとに
走りだす
傷つけやすい爪を
用心して
冬枯れの細枝に
鋏をいれる

ダウンライトが
照らしだす

丸テーブルに
フリー素材をのせ
毛髪のトリミングには
ガーゼマスクを充てる

空き部屋をあとに
眼を開けないで
上目遣いに
逃げだせば、開いた手のひらを
追いかけてくる

車窓に寄り添われ、指紋を剝ぐ
ダウンライト、森を照らし
眼を開けないで、このまま
夜の音に木立の狸はめざといから

*

かすり傷の深さで
傷められた微熱は
顔の高さで、発熱していく
光ケーブルはこの建て喪《ハイオク》には

細すぎた、配電盤のアンペアが
申し訳なく二重線に束ねられていた
〝これで森の挨拶に応えたんだから〟
と、

誰のでもない

きみは白夜の眠りからさめて羊の時を迎える
このクーリッシュな風の匂いと貝殻
それと／／ぼんやり譫言《ウワゴト》の風向きも弱いのに／／と
とっさに氷結が丸みを帯びウィンクしてくる
／気がするだけその眼尻皺《クマ》を無理に宥めるＢＢ《クリーム》が
身を潜める動作は認可前／／だからか
この煌めきは／私の磐余《イワレ》ない時の鼓動を鎮めて割り込んでいく

つよく噛んだからだよ、それもすごかった

でもふつうに痛かっただけだと怒っていた

今はそんな気がしている
あれが加熱式専用喫煙ルームでの出来事だったことに誰が気づき…／気絶していたもっと未来で、眼が覚め／少し大人びていた
姉の喪を気にかけていた／／隔離生活ごっこも／／あと5分だけならいいのに／路上ライブの歌声が聴こえてきて／そんな気配を覚えている手名付けられた端末が、私の指間からはすり抜けていられる／大臀筋《オシリ》が伸びきってしまい／胸が痛み始め／ブラックでは……Siriを呼ぶのに人気《ヒトケ》がありすぎるし／パタパタして／口元の位置を小まめに換えていく／アムネジアのことむきがミドリコの午《ヒル》睡《ネ》ほど不規則だし／かといいつつも無色にしろ／まだ3人いる定員オーヴァーのガラス越しに腰部背筋の火照りを妄《ミダ》りにさましに行くシナリオをつい描いてしまう＼＼＼＼＼＼＼＼＼＼＼＼＼＼＼

ミドリムシのくずれた形だ／からだと言えない愛という遠近法の執着を燃やし尽くし垂直に切り落としていく／角氷を飼い慣らせずにはいられない定員一名のカプセル毎／／桃太郎部屋はリクライニングシートのままで気後れる／かろうじて息ができるクローゼットのヤニ臭い隙間からのぞいていたわけです／／／表裏がないコインが一枚墜ちる瞬間／／／／ミランダ《某王国の姫》の息を吹きかけていたのです

窓際に横並ぶあの人たちのシュリ《家族離散》は四頭筋《太もも》をなぜメルと呼ばせ、キャリーケースの後をつけていけばいつか躓いた、ベタな私は声が枯れて、背後からさする両手の力加減に受け身《インナーマッスル》は衰えてはいなかったのだし／／感慨に老ける荼毘に付された父の遺体を／／火葬の前に土葬した骸を匂いで追う、そう前向きにもなれたでしょうかなしくも小山にほっこり忍んだ私地を象《カタド》り嘆く夜の営み・澱み具合に脅えなかった／／深い群青のワンピースを深める秋が、記憶違いでなければ、空手で獣じみてもいた

裏道を横道に外れ、アップストアからダウンタウンヒルズへ／荷造りされた小型バスケットにコレクションされ、サンド状に配列し埋め込まれた下着の畝を横断していく／シルクの手触りが暗闇を鮮やかに圧倒していく

脇道に免れた路上から／至高の音響だった
／ボストンバッグの用途はミスったけれど、時計台の周りをぐるぐる回る／終電を見送る途切れた糸が舞う気息《プネウマ》が細い余韻になる／／深い記憶の墓地《クリプト》で

痴話問答の反復に命を繋いでいた／後にベンチ裏で撃鉄をくらう間者《スパイ》が潜み、日時計の支柱をあてどもなく引きずり回る女の時間にのめり込んでいった僕の弱い心臓だ、としても金がないならあのルビコン川を渡ってしまえと勇みながら／／脳震盪《ノウシントウ》を喰らう／ほぼ／記憶喪失なら引きずりこまないだろうと一晩をエントランスで過したホテルでの祭りに／／路上ライブの歌が聴こえてきて／／一晩中きみの手中にあった／導かれていく許しの感情の感覚質《クオリア》を、遅ればせながら今、転調させていた

すれ違いざまに寄り添って言葉を吐く、亀裂に向かって、珈琲館《ハクシャクカン》の踊り場でウエイターに教唆《ソソノカ》されたんだ、いたずらっぽく項《ウナジ》に唇をあてた、彼が彼女の睨《ネ》めつけにこれほど熱い思いを刻みながらこれでもかと思いながら…

アヤメも分かたぬプラズマ、と言っていたが
狼狽した見てくれだったかもしれない
それとも唆《ソソノカ》しのファーストステージだったとして、窮屈なレオタードは臍を嚙
みボクを巻き倦む
・・・・・・・・・・・・・・・・／／
よく響いていた、親身に、吐き出せばそれでいいのだと／／指紋を残したまま
指がながれだし、　《アイダ》を休んでおけばよかったと後悔しつつ溢《コボ》しても／そうす
れば壁の蟬も泣き止みます、と徹底的に不快にさせてやろうと誓い／このごろ
は、なのでもっと死んでいる／

メタバースを食い破って夢の中でさえ敵わない痛みの和らぎに、胸が痞《ツカ》える、
なぜって
コードスイッチされながら滑っていった時代の細糸がだるく肩によりかかり、
死ぬほど灼けるなら

こう思ってもいい
菌糸のリゾームに支えられた核分裂をイメージできるだろうか
ただ眺めてればいいいんだから、と

別れ

いつもなにか足りず、それに喉も渇くから
密林をかきわけアマゾンをググッていくと
出会った魚体に潜り、訳あって離れたのです

シャボン玉をふいて物足りないなら
存在のかるさを手玉に取って迷路を巡る
頭蓋をつきぬけ堂々巡りの郊外に出てよ

あなたががらっぱちだし、忘れていいんだよ

あなた砂の公園で遊んでいらしたでしょうし

劣化がすすんだ公衆便所の陰で
沈みかけた浮標《ブイ》に気づいて
孔穴《コケツ》を覗くその背むしが忘れさせてくれる

もうすこしっていう悲しみのかんじが
先のとがった鉛筆に似てもいるし
いつも何かが足りないっていう手が口を塞ぐ
大きな欠伸をして開きっぱなしで迫ってくる
ニヒルだけど、いやな（そうでもない
先っぽがあたける《アバレル》前に、私にしかできない
水を間違えた全身の耀《カガヨ》いを纏うくせが

機織りの音を寸断した言葉で
インクが染みた階段と螺旋をつむぎ
粘液の滞留を書き留めていけば
黄泉に贈られた生者の隠しカメラで
子午線が、斜めに揺れて
引かれ直しを言付かる

にんじんほろほろぴーひょろろ
窯をかけた兎の足をとっさに握る
もっこ《元のモンゴル》くるよって、姉さんが脅すから

私が先にすわっ、てって

先割れの噴水に見とれている
そっと、稲穂のこうべ《ユビサキ》に別れを告げる

なぜかふつーにかなしい、ブランコのように

ふつーに地面は歩けるのだし、ふっつり泣き
終われば、植物たちが澄まして笑う
いつものことだから、早くいってほしいのかって
手練れ《テダレ》《ウデキキ》の杖にも支えられ
トドメドリの滑る台を滑走していく

（キミニプラグネットヲサシテモ
何も聞えてこない……
無残に馴れすぎた私にしかできない
すこしだけ前向きに……
セカイ《ロマネスク》に所有された我執《コダワリ》《ジイシキ》をたたみ、
じぶんのいらいらを口にしなきゃ、
気がすんだらぴちゃぴちゃ音を立てる

思わず身震いもするんでしょう
そりゃ顔ももたず、わちゃわちゃ
ノイズを竹筒に封じこめて
どうころんだってわし《私》には、勝てず
ふつうにやどかりを飼い始めた、もんもんと
なぜって、ボクのニーズは
葛藤《fusion》のままに育っていくものだから

心延

それはシニョクにころがり／でてくるマルの欠片／遠心と求心がでてくる
でてくる

／喰らいあい／涼雨にうたれ／白く光る指先を笑殺するも／禍根を残さず
／あらあら死所にきえていく

／ぐるるんと視界はひろがり蟲の集《スダ》く叢《ムラ》へ／空き缶だか、芒《ススキ》の群れる空の壁に
／／蓋《カネ》の周縁を蟬が鳴き病んで小／刻みに震える異国の象の孤独を思えば／壁
の蟬は鳴き倦むのだ／微醺《ホロヨイ》を帯びた贖《マガナ》いの暴力《ジギャク》に心延は搔き消され

涙もろいひとの気には知られず口さがない
野うばらにうっさり／禁忌のうばらに
坩堝《ルツボ》があり、ニートな詩人の尻をつつき
／可塑的《ヤワラカナ》心縁《ヒダ》をなぞるようにコヨリを振ると
声《ヴォア》の共ぶれを合図にタマはスタスタ歩き去る
飼い主への反噬《ハムカイ》を省みれば延命装置を外す
異国のケガチ《ホンキ》が眼に障る、きりつの切れ目

天手鼓舞いは／詩らしき積み重なり／／
沈殿物の表面でもある／／太陽を光合成して
女縁を編み込む男縁をかこつ／／しくじった
ひとりがひとりであるがために小宇宙を孕む

巨大なアーマン《ムテキ》に吸い取られたどこでもない…
どこにもない場所で、訂正されたアルゴリズムを承認する
冬瓜《トウガラシ》の殻皮《ヨロイ》に変じたヤドカリは金魚を見すぎて顔が異形のフィギュールに変じ
海に回帰してくれるのか／それとも死の行止りに阻まれるのが落ちなのか…

冬に炬燵を抱いて

炬燵を抱いて猿の無ひょうじょうを滑っていくと、クリコ《エホン》のひょうじゅんは
この靴箱にある為、刃先の毀《コワ》れに両刃《モロハ》が額の中間《チュウゲン》を刺しぬく

家具のような不在感で静まりかえり
まなこのさけびは曇る、寝入り鼻にだ
落としても落としきれない、きおくの黴《カビ》
口元へ指先で拾い上げ、パンくずをはく
仮面をかぶった子供たちはとっくにいない

ばらけたものを包み込み、湯たんぽを抱く
―ホロン《全体子》の見かけは視角をはずれてね
ひたひたとアムネジアが忍び寄る
―ひたひたとわかれたかれしは
呼んでもいないのに枕頭《マクラモト》にくる
破綻したの《ノ》の約束を手土産にカンマを打つ

やみくもに頓服《キンキュウジタイ》がない、心が足りず
―ただ録音された生活音を聞きながら
3年も降りつづいた雨音を想像する

エンドレスを紡ぐ肩にコートを羽織り
読み違える雨の日に、丸椅子に腰かけ
おもむろに尿瓶に手をかけていたのは誰？

横目に

そばめの施しに織絢《イノチヲマト》う彫刻刀の手つきは
削りながらたしかめあう、生死の選択に似て
そこには顔のない顔が、ある／って
ヒョウ柄に宛先を認めウインクが半目で

顔がみえないみえるって、独房の小窓を覗く
とただ、変圧器を飼いにいくんです
あなたが語るために必要なんです
ほら、また膝下でこびとが悲鳴をあげる

それがあなただというんだから
りんどうはりんどう
埋め立てられた
芽の頭がつっかえて
この根は四方に
身をこすり反れてもいく

湿った温もりは膚を寄せ付けず
鋏の手を入れ、切れ目を裂く
路上からは歌が聴こえ

芽の肩が折れる
無縁《ジュウ》の衆生《シュジョウ》にひさげた
しば鳴く止まり木に
鵯《ヒヨドリ》の悋気《ネタミ》が土くれを喰い
子午線がずれた光の束に
射返される

レリギオ

外出禁止令は出された、樫の木をねこそぎ
無垢のまま暗寓へ巻き込まれた、瞳の外だ
寝台を軋む寝返りが二脚に傾く、窓を開ける
静かな石土間の冷は身を寄せる手と足を払い
前線での静寂に／木偶人形《デクニンギョウ》が語りだす死魂の
不日《フジツ》は彼の庶幾《ネガイ》を飲み下す／ログオフの退勤後は光の集《スダ》く鳴音を心なく反芻し
た、幽閉のまま再接続を待ち閉じかけた、手離れがよく都市伝説の引き際で、
飛沫《シブキ》始める余白へと、
偏在し跋扈《バッコ》する、統べられたレリギオ……

雑神の住処に紛れ用心深く、時に移ろい乍、
物々しい佇みの弾薬庫を抜け、マナを殺しにいく
／真綿のアジールさえ規律を纏っているのに
この部屋に生生しさがあるとしたら、
燧石《ヒウチイシ》を石灰岩の野太い柱に擦り鞣《ナメ》す、頑な燭台の脚を支えることにさえ
／ＬＥＤの憂い顔は壁時計の眼差しになり澄まし見つめてくる
／ばらけてすれちがう温もりは束ねるしかない

朝焼けの蛩音が消えいっていく／／どうやら
埠頭の暁闇《ギョウアン》をコツコツと響き渉り／どこかで
蟲の死魂も目覚めたのか、この記憶だけかが
地勢学に気遣われ、しらぬまに領土を換える
脈絡に寄り添っては挫かれるレリギオと夏にだんまりを決め込んだユーピテル
も夢で還ってくる／冬瓜《トウガン》の暮らしに解き放たれ口を拭うと老いた遺伝子が麻酔

に罹る／同色に染められる対のXは防備の綱を張ると／空は空であるように祈り、港の舳先で燻《クスブ》るモノクロを抓む／／このうばらにタブララーサを紡ぐ今際に　無形の繫がりを揺りもどせるのだろうか、と

再生

きっとまた会えると
共に誓った沖の船底で
不帰の人となり、骨粉の行方を
気の向くまま風が攫《サラ》っていった
その居所をまだ昏い大海原に彷徨《サマヨ》う
眼の子は穏やかで結ばれない
流れた焦点にいまや、在るがまま
覚えたての残像を、泳がした《ホドイタ》

足手まといになりたくなかった
高架橋下で束の間の喧騒を癒し
仮眠を貪る、法外な欲望を孕んで
夜店で暖簾《ノレン》が絡まる、無理は溢さず
潮風が絡め捕っていく//戦場での
パワーゲームを鵯《ヒヨドリ》の群声に洗脳された
卵の身体《カラダ》で生きている力点《チテン》では
明日の脳が腫れてくる

窪みを得た魚のように、この街では
すれ違いざまに吹き込む生暖かさと
ふりそそぐ高感度シャッター音に浮腫《ムク》み
気おくれがちな舌打《シタウチ》で耳元が鳴動し、蘇る
風知草が髪を乱す砂漠化した白黒の記憶は
空への角地を曲がりきれない

点滅する回路に気息を飛ばし
記録の大河を図るシュメールの潰走《カイソウ》電車に
乗り遅れてしまったのか

不死身が火鳥のように、芥子粒を開墾《キリヒラク》する
この不条理に負けない雌蕊の怒りは藷畑《イモバタケ》に燻り
中州《ナカス》を横断し切れず墜ちた、不遇の橋下に
身内《フンケイ》の束を細らせ、ベコニアのくちは
無謬の空に霧散し、当て所なく希薄していく

手をかざすと

シャボン玉に跨る躰《カラダ》は壊れやすいから
高潮に捧げられ、先々であたける
尖った先っぽに塩辛い飛沫を浴びせ
水を畏れる、ぴちゃぴちゃ舌を弾く
飢えに痺れている、乾いた蚕にも
胃壁が縮む噎せ、そんな鼻を突いて
臭覚の断片もが貌に出てくるのが
戯れる火鉢で罰を罰として、火の悪戯っ子が
ひと気を払う都の石庭で苔生《コケム》していた

昼の腹黒さを裏返せば、西口の裏道で
讃えられて驚く蟋蟀や玉虫たち
のようなイメージが湧く、一斉に堰を切って
ごそごそ動き出す、逃げ場を見失ったから

ロータリーに黝く湿った庭石の
腹上を、点字だったでしょうか
右往左往しながら散らばっていく

波と腹を打たせ、流転する
かつてはいまに引きよせられ
梅雨のさなかに、植物する動物する
びんびんうすく怒っている、湿りきって
目をつけられた市街地が、熱くて熱い
生暖かい紅の流体に吹きこぼれ、前線では

顔がない顔がみえない、痩せている

あたける口からシャボンを吹いて
薄く怒った詫び人の宛先に認《シタタ》めた
使い捨ての変圧器を飼いに行くんです
室内にソヴァージュの体臭がこんがり籠った
濡れそぼり、痛痒くなったヴィトンの把手を
嗅ぎ分けると、手離れのよい武器に／／
手をかけてしまっていたのです

幻のルビコン

鰓鰓《シシ》と光の礫を追い
背を向けたまま逃れ去っていく
その後ろ姿が悲しく、また慎ましい
掛け軸の絵柄に揮毫《キゴウ》された
幻影の気配を追い、虚妄に縋るだけ
織毛《クロゲ》の筆は理の角を曲がりきれず
薄毛《ロウ》の鬱屈を拐《カドワ》かす、
天使の羅衣《ネグリジェ》を／譬《マト》えば
逸脱へのルビコン川を／

かつては、優しく侵し／
渡ったこともありました

こせい

こせいは未知への欠けらとして
むしろ復讐を誓った、六角柱の採掘跡とは／
空の対蹠地《タイセキチ》としてまだ若い円形場に跳び
引き連れてきたゴム紐のささくれと
スペースの地霊とが交遊する／裏の稀人《マレビト》
城砦の連絡通路に敷かれた、斑な黒烏《コクウ》の
影は惨劇の余韻を認める／虚の穴に翼

窪地の閑散を宥める、冷夏を踏み歩く
ヒエログリフと衍字《ヨブン》《エンジ》が混濁してきて
木彫りの読誦《ソラヨミ》が耳目に響きはじめると
胡乱な人世期の狭間を通り過ぎていく
苛苛《イライラ》と失禁した馬の悪臭を
この静けさには慎ましく排泄しつつ
群衆が立ち去った後の太陽を仰ぎ見る
塑像の半獣神に熱狂こそすれ
うらぶる神格者《ユーピテル》への命乞いは
寝台に置き捨てられた　個の開かれ

嗄《シャガ》れた花弁様の染みは目立たなくても
衆目に曝され、それを見そなわす
孤独者には愛想を尽かす
余白に、タブララーサを／／

（終わりつつあるそれと共に
これから揺り戻せるとでも
言いたかったのでしょうか／／
〝今〟のカミ《감히》、カイロスよ！

誰《だれ》のでもない／レリギオ

著者
髙野《たかの》 尭《ぎょう》
発行者
小田啓之
発行所
株式会社 思潮社
〒一六二―〇八四二 東京都新宿区市谷砂土原町三―十五
電話〇三（五八〇五）七五〇一（営業）
〇三（三二六七）八一四一（編集）
印刷・製本
三報社印刷株式会社
発行日
二〇二四年七月三十一日